Tom Coulter
19 Sunwich St..
Belfast

Liverpool

Chester   16

a 540
Wrexham 12   a 529
a 528
Shrewsbury 28   Whitchurch   20
                 a 529

                 a 442

a 458   Wellington   22
                 a 442

(76) Bridgnorth 20   Bridgnorth   14   (72)
                     a 442

                 Kidderminster   13
                 a 422

                 Worcester   14
                 a 38

                 Tewkesbury   15
                 a 38

                 Gloucester   11
                               125

Para Tommy y Kathleen

PRIMERA Edición en INGLÉS: 2006
PRIMERA EDICIÓN en español: 2006
Tercera REImpresión: 2011

JEFFERS, OLIVER
El increíble niño come libros / oliver Jeffers; trad. de
Francisco Segovia.- MÉXICO: FCE, 2006
[32] p. : ilus. ; 28 x 22 cm - (Colec. Los Especiales de
A la Orilla del Viento)
Título original THE INCREDIBLE BOOK EATING BOY
ISBN 978-968-16-8252-1

1. Literatura Infantil I. Segovia, Francisco, tr. II.
Ser. III. t.
LC PZ7   Dewey 808.068 J754i

Distribución mundial

© 2006 Oliver Jeffers, texto e ilustraciones
El autor e ilustrador afirma el derecho moral de identificarse como el
autor e ilustrador de ESTA OBRA
Publicado originalmente en INGLÉS por HarperCollins Publishers Ltd
bajo el título: THE INCredible BOOK EAting BOY

D.R. © 2006, Fondo de Cultura Económica
Carr. Picacho AJusco 227; 14738, México, D.F.
Empresa certificada ISO 9001: 2008
www.fondodeculturaeconomica.com

Colección dirigida por Miriam MARTÍNEZ
EDICIón: Marisol Ruiz Monter
Cuidado editorial: Obsidiana GRANADOS Herrera
traducción: Francisco Segovia con licencia de HarperCollins Publishers Ltd

comentarios y sugerencias:
librosparaninos@fondodeculturaeconomica.com
tel.: (55) 5449-1871 Fax: (55) 5449-1873

ISBN 978-968-16-8252-1

Impreso en junio de 2011
Tiraje: 7000 ejemplares

Impreso en China ● Printed in CHINA

EL INCREÍBLE niño COMELIBROS

Oliver Jeffers

traducido por
Francisco Segovia

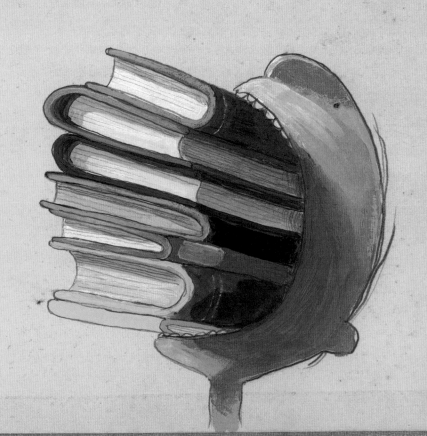

LOS ESPECIALES DE
A la orilla del viento
FONDO DE CULTURA ECONÓMICA
MÉXICO

A ENRIQUE le encantaban los LIBROS

Pero no como a ti y a mí. No.
Para nada...

Todo empezó por error
una tarde en la que estaba
distraído.

Al principio tenía muchas dudas,
y sólo se comió una palabra.
Simplemente por probar.

Luego lo intentó
con una oración completa
y tras eso
la página ENTERA.

Sí, definitivamente
le gustó.
Para el miércoles Enrique
ya se había comido
TODO un libro.

Y para fines de mes
podía atiborrarse
un libro de un tirón.

EL
INCREÍBLE
NIÑO COMELIBROS

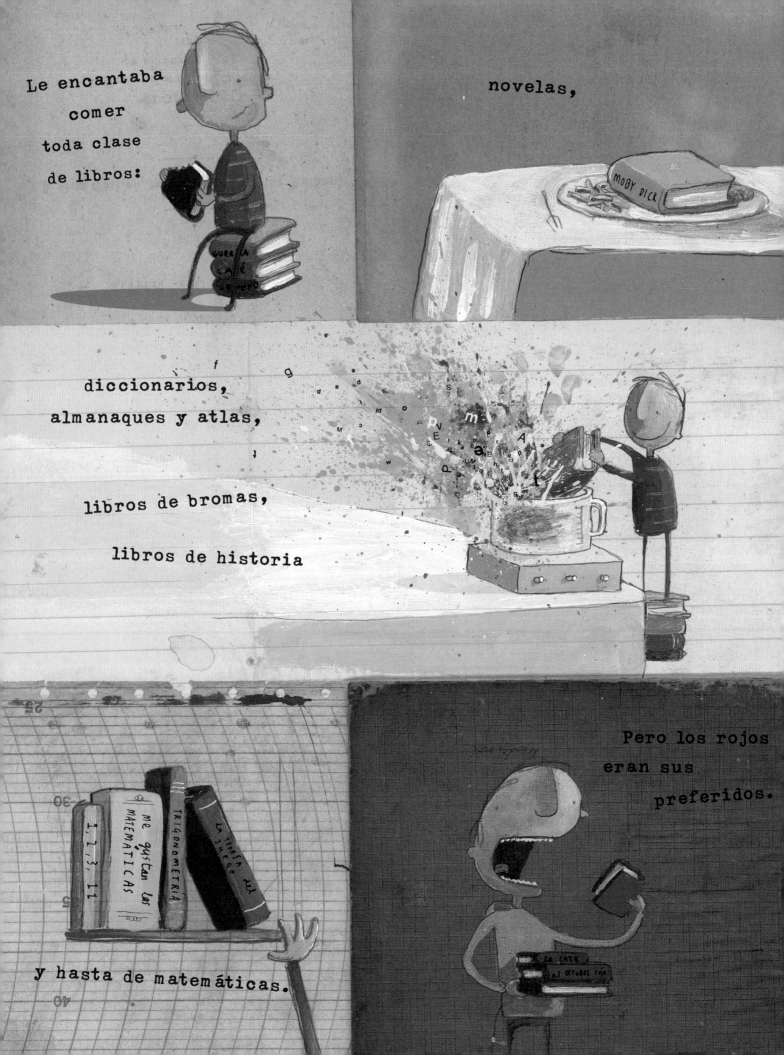

Le encantaba comer toda clase de libros:

novelas,

diccionarios, almanaques y atlas,

libros de bromas,

libros de historia

y hasta de matemáticas.

Pero los rojos eran sus preferidos.

Y los devoraba a un ritmo INCREÍBLE.

Pero lo mejor era esto:

Una vez se comió un libro
sobre pececitos
y en el acto supo
qué dar de comer a Ginger.

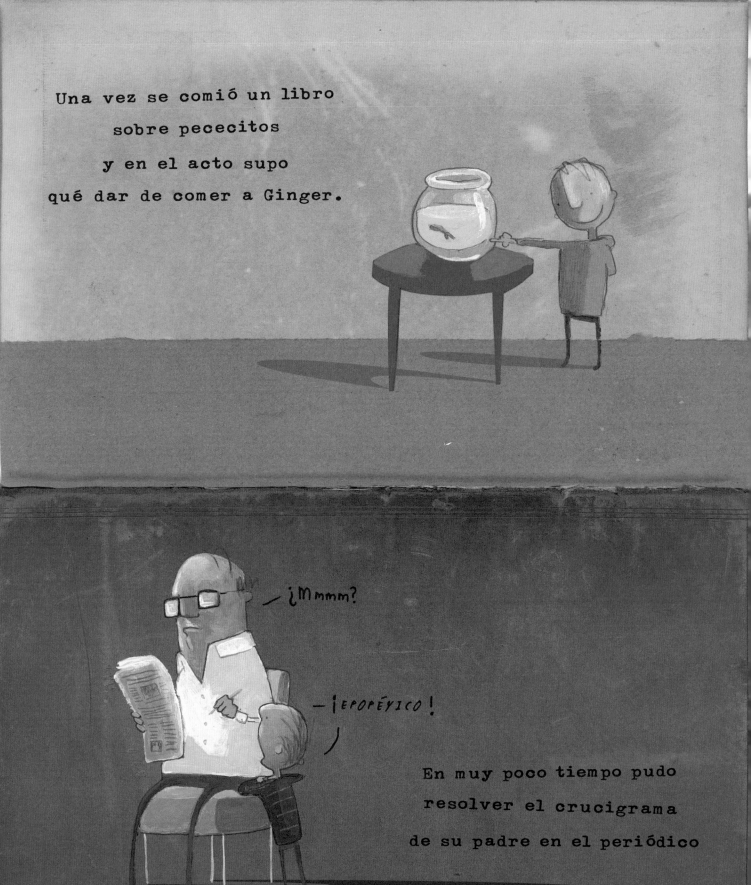

— ¿Mmmm?

— ¡EPOPÉYICO!

En muy poco tiempo pudo
resolver el crucigrama
de su padre en el periódico

y hasta era más listo
que los profesores
de su escuela.

A Enrique le gustaba ser listo.

Creía que, de seguir así,

bien podría llegar a ser

la persona más **lista** del mundo.

MAP 2

Así que siguió comiendo libros...

the same, viz. $(1+\lambda)$, and there is no term involving xy.

Let (p, q) be *one* of the points of intersection of the circles (1).

Then $p^2+q^2+2gp+2fq+c=0$

Y se fue haciendo más listo...

$\cdots \quad p^2+q^2+2g'p+2f'q+c'=0;$

$\therefore p^2+q^2+2gp+2fq+c+\lambda(p^2+q^2+2g'p+2f'q+c')=0,$

which is the condition that the point (p, q) lies on the circle (2).

In the same way, it can be shewn that the other point of intersection of the circles (1) lies on the circle (2).

Hence (2) represents a circle passing through the points of intersection of the two given circles.

N.B.—If in (2) λ be put equal to -1, we have

$$2(g-g')x+2(f-f')y + (c-c') = 0\ldots\ldots(3)$$

which represents a straight line, since it is of the first degree.

And (3) is therefore the equation of the common chord of the circles (1).

The coordinates of the centre of the circle, given by (2) above, are

$$\frac{g+\lambda g'}{1+\lambda}, \quad \frac{f+\lambda f'}{1+\lambda}.$$

These are infinitely great if $\lambda = -1$. Hence the common chord given by (3) may be regarded as one of the circles (2): viz. that which has its centre at infinity.

The sum of the purchase moneys in p

$$P+P\left(1+\frac{1}{n}\right)+P\left(1+\frac{1}{n}\right)^2 + \ldots$$

This is a geometric series of 11 terms.

$$P\left\{\frac{1-\left(1+\frac{1}{n}\right)^{11}}{1-\left(1+\frac{1}{n}\right)}\right\},$$

i.e. $nP\left\{\left(1+\frac{1}{n}\right)^{11}-1\right\}.$

$nP\{2\left(1+\frac{1}{n}\right)-1\},$

i.e. $P(n+2),$

or $16P$, taking $n=14.$

The sum of the purchase moneys is ap

y más listo...

¿*SABES* LA **RESPUESTA?**

la respuesta es... OSO POLAR

4367

2

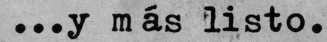

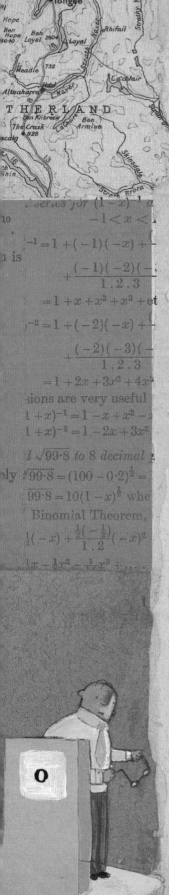

Pasó de comerse un libro entero

a comerse dos o tres de un solo golpe.

Libros sobre cualquier cosa.

No era nada melindroso

y quería saberlo todo.

Pero las cosas entonces empezaron a ponerse complicadas.

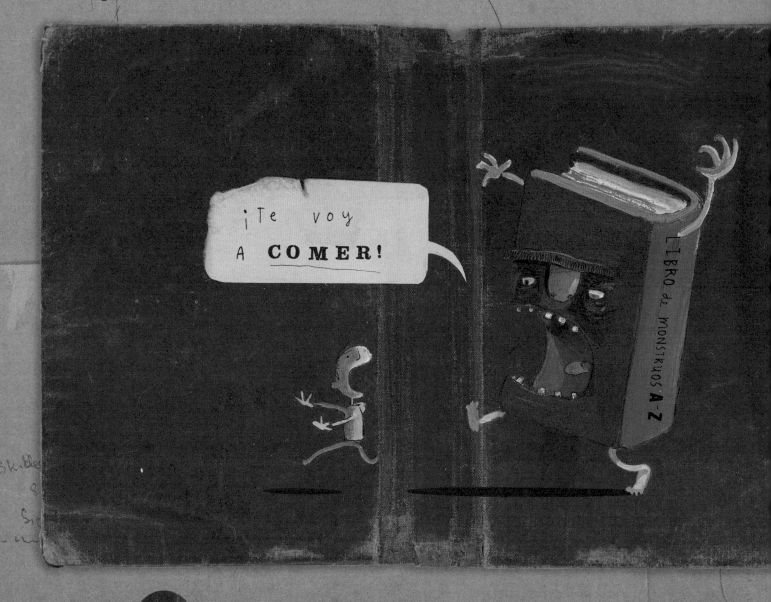

Más bien empezaron a ponerse

muy,
muy
mal.

Enrique comía demasiado
y sin duda demasiado rápido.

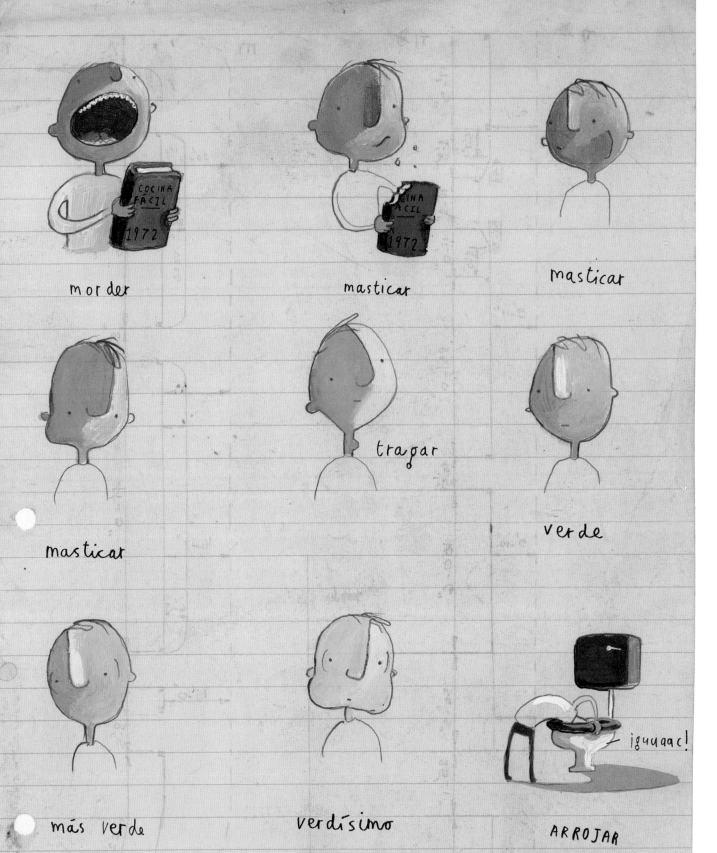

morder

masticar

masticar

masticar

tragar

verde

más verde

verdísimo

ARROJAR

¡guuaac!

Empezaba a sentirse un poco enfermo.

Pero eso no era lo peor.

Todo lo que iba aprendiendo
se volvía un revoltijo

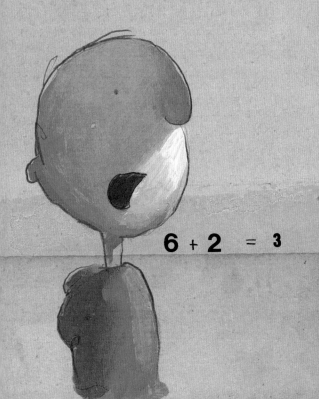

$$6 + 2 = 3$$

$$2 + 6 = elefante$$

porque no le daba tiempo
de hacer bien la digestión.

Y empezó a sentir vergüenza
de tener que abrir la boca.

es i kvir ·

20 exemplares numérotés sur papier de h

Y así Enrique de repente
ya no parecía tan listo.

Más de uno le aconsejó que ya no comiera libros.

Dejó pues de comer libros
y se quedó triste largo rato
en su cuarto. ¿Qué iba a hacer?

Mas luego, casi por accidente,

Enrique tomó del suelo un libro a medio comer.

Pero en lugar de llevárselo a la boca...

lo
abrió...

...y empezó a leer.

¡Estaba **tan** bueno!

Después de aquello descubrió Enrique

que le gustaba mucho leer.

Y que si leía bastante

todavía podría llegar a ser

la persona más lista del mundo.

Aunque necesitaría más tiempo.

EL
INCREÍBLE
NIÑO
☆COMEBRÓCOLI☆

Ahora Enrique siempre
está leyendo...

aunque, la verdad, de vez en cuando